AF176594

FSC
www.fsc.org

MIX

Papier aus ver-
antwortungsvollen
Quellen
Paper from
responsible sources

FSC® C105338

Christoph-Maria Liegener

Hundequälerei

Eine tierische Satire

© 2021 Christoph-Maria Liegener

Herstellung und Verlag:
BoD – Books on Demand, Norderstedt
Cover-Bild: Shutterstock

ISBN:
9783753426686

Das Werk, einschließlich seiner Teile, ist urheberrechtlich geschützt. Jede Verwertung ist ohne Zustimmung des Autors und des Verlages unzulässig. Dies gilt insbesondere für die elektronische oder sonstige Vervielfältigung, Übersetzung, Verbreitung und öffentliche Zugänglichmachung.

Inhalt

Vorwort

Ein Hund kann plötzlich sprechen! Was hat er seinem Herrchen zu sagen? So geht es los. Von Hundequälerei erzählt Wuffi und klärt einige Missverständnisse zwischen Mensch und Tier auf, die es in seinen Augen zu geben scheint.

Die Problematik der Hundehaltung durch die Menschen wird in dieser Satire aufs Korn genommen. Ein sensibles Thema. Um mich nicht allzu unbeliebt zu machen, habe ich die Form der Satire gewählt, in der Hoffnung, Narrenfreiheit gewährt zu bekommen. Humor ist, wenn man trotzdem lacht.

Und natürlich stellt nicht alles, was der Hund in dieser Satire sagt, meine Meinung dar. Ferner glaube ich felsenfest daran, dass die meisten der Betroffenen Humor haben. Wer seinen Hund aufrichtig liebt, kann kein schlechter Mensch sein. Die Liebe ist ein Geschenk, das seinen Wert in sich selbst trägt. Sie ist, wenn sie echt ist, heilig. Nicht die Wirkung ist entscheidend, sondern die Absicht. Also: Absolution für die Hundehalter!

Kann die Liebe zu Hunden der Liebe zu Menschen gleichgestellt werden? Vor dem Gesetz sind Hunde Sachen. Wer einen fremden Hund tötet, begeht eine Sachbeschädigung. Diese Gesetzeslage dürfte bei Hundebesitzern auf Unverständnis stoßen. Sie sehen weit mehr in einem Hund als eine Sache. Dazu müssen sie nicht einmal Buddhisten sein und in dem Hund die Seele eines Verstorbenen wiedererkennen. Auch der Heilige Franz von Assisi hat mit den Tieren gesprochen.

Letztlich ist für einen Menschen der Hund das, was dieser Mensch in ihm sieht, und das wird meistens mehr als eine Sache sein. Die Liebe zu einem Hund ist nicht vergleichbar mit der Liebe zu Sachen, die es auch geben mag.

In den wenigsten Fällen würden sich die Ereignisse so abspielen wie in der vorliegenden Satire. Es ist alles maßlos übertrieben, aber das dürfte in dieser Literaturform wohl erlaubt sein.

Danken möchte ich vor allem meiner Familie für die fortwährende Unterstützung.

Christoph-Maria Liegener

Wuffi

Wuffi bellte und Herrchen stand folgsam auf. Herbert hieß der gutmütige Hundebesitzer, der genau wusste, was er zu tun hatte: Er musste jetzt mit Wuffi Gassi gehen. Lust hatte er nicht, aber die Pflicht rief. Missmutig nahm er die Leine und machte sich auf den Weg.

Es zog sich hin. Als Rüde musste Wuffi an möglichst vielen Stellen des Weges sein Revier markieren. Überall fand er etwas zu schnüffeln und sah Herbert dabei bedeutungsvoll an. Herbert glotzte verständnislos. So ging das nicht. Er verstand nicht, was der Hund ihm sagen wollte. Wenn der Hund doch nur sprechen könnte! Er hätte seinem Herrchen sicher einiges zu erzählen gehabt. Allein, was er all den Gerüchen entnahm. Menschen würden es nie verstehen. Menschen konnten nicht ordentlich riechen.

Für Herbert blieb es langweilig.

Als sie zurück waren, stellte er Wuffi den gefüllten Fressnapf hin und machte sich selbst auch einen Snack.

„Schmeckt es dir?", fragte er.

Der Hund sah ihn mit seinen treuen Augen an, als wollte er sagen:

„Vielen Dank, Herrchen."

Leider konnte er nichts Derartiges sagen, weil Hunde normalerweise nicht sprechen können. Warum war das bloß so? Herbert wünschte sich, mit seinem Hund sprechen zu können.

Das sollte sich erfüllen. Wie? Warum? Weil Herbert an Wunder glaubte. Er würde eins bewirken! Der Glaube bewegt Berge.

Kürzlich hatte er bei einer Online-Auktionsplattform eine kleine antike Anubis-Figur ersteigert. Sie sah aus wie ein liegender schwarzer Hund. Er holte sie hervor und stellte sie vor sich auf den Tisch. Anubis, der altägyptische Hundegott, spielte eine entscheidende Rolle bei der Reise der Toten ins Jenseits. Konnte er als Hundegott nicht auch etwas für die Hunde dieser Welt tun?

Herbert wollte einen Versuch wagen, legte beide Hände auf die kühle Figur und sprach:

„Großer Anubis, mach bitte, dass Wuffi sprechen kann!"

„Wow, das ist ja krass! Ich kann plötzlich sprechen", meldete sich Wuffi aus der Zimmerecke.

„Wuffi, ich glaub's nicht! Du kannst tatsächlich sprechen!", staunte Herbert und umarmte Wuffi.

„Na, du hast es doch selbst erbeten!", meinte Wuffi.

„Schon, aber ich hätte doch nie gedacht, dass es funktioniert!"

„Hat es."

„Okay. Also, da wir nunmehr miteinander sprechen, möchte ich dir sagen, dass ich dich sehr mag."

„Willst du jetzt von mir hören, dass ich dich auch mag? Ich weiß, du denkst das, weil ich dich immer so treudoof ansehe, aber dafür kann ich nichts. Diese tierische Physiognomie ist uns Hunden angezüchtet worden. Sie hat nichts zu bedeuten. Ich muss so gucken, ich kann nichts dafür. Nichts für Ungut. Du machst deinen Job als Hundeherrchen schon ganz gut. Insofern habe ich mich an dich gewöhnt. Aber: mögen …? Da gehört wohl mehr dazu. Mag ein Sklave seinen Herrn? Er hat sich irgendwann mit seinem Schicksal abgefunden. Das ist alles.

Und hör damit auf, mich immer zu umarmen! Ich mag das nicht."

Herbert ließ Wuffi los und entgegnet entgeistert:

„Ich dachte immer, du freust dich, umarmt zu werden!"

„Du solltest dich mal mit der Körpersprache der Hunde beschäftigen. Und außerdem: Wenn ein Sklave seinem Herrn etwas vorspielt, muss das nicht immer ein aufrichtiges Gefühl sein."

„Du bist doch nicht mein Sklave! Wir leben in einer Gemeinschaft zusammen. Wir sind Freunde!"

„Unter Freunden lässt man sich gegenseitig seine Freiheit. Einen Hund in der Stadt zu halten, ist Tierquälerei. Ich gehöre in die Natur, muss umherstreifen, um mir selbst meine Nahrung zu suchen."

„Du würdest das nicht überleben!"

„Vielleicht. Das läge dann daran, dass ich durch meine Lebensweise bei dir total verweichlicht bin. Aber lieber in Freiheit sterben als in Gefangenschaft leben."

„Du hättest jederzeit weglaufen können."

„Ja, um schnell wieder eingefangen zu werden und dann unter noch schlechteren Umständen gefangen gehalten zu werden. In der Stadt hätte ich keine Chance, frei zu bleiben."

„Das tut mir leid. Wenn ich das gewusst hätte, …"

„… hättest du was getan?"

„Ich weiß nicht. Vielleicht hätte ich dich gar nicht erst kaufen sollen."

„Richtig. Durch die stetige Nachfrage werden zu viel Hunde für die Stadt produziert, ihren Eltern weggenommen und in die Sklaverei verkauft."

„Es tut mir leid."

Glücklicherweise klingelte die Türglocke und beendete das peinliche Gespräch.

Es war Frau Else Meier von nebenan, die Herbert sein Essen brachte. Das hatte sich so eingespielt. Er war Witwer, Frau Meier Witwe. Die beiden Ehepaare waren früher gut befreundet gewesen. Nach dem Tod der jeweiligen Ehepartner hatte Frau Meier sich verpflichtet gefühlt, für Herbert zu sorgen. Sie waren beide Rentner und hielten sich die meiste Zeit zu Hause auf. Jeden Tag zu Mittag bereitete Else ihrem Nachbarn eine warme Mahlzeit zu, brachte sie herüber und aß mit ihm gemeinsam. Fast wie ein altes Ehepaar.

Vielleicht machte Else sich Hoffnungen auf eine engere Verbindung mit Herbert, vielleicht wollte sie einfach nur nett sein. Herbert jedenfalls stand nicht der Sinn nach einer zweiten Ehe. Nicht, dass seine erste Ehe nicht glücklich gewesen wäre – im Gegenteil, er vermisste seine Frau immer noch jeden Tag. Es wäre ihm jedoch unpassend vorgekommen, sie durch eine neue Ehefrau zu ersetzen.

Hinzu kam, dass er als zweite Ehefrau sicher nicht Else gewählt hätte. Sie war in dieser Hinsicht nicht sein Typ. Obwohl schon in Rente, hatte er das Interesse am weiblichen Geschlecht noch nicht verloren. Ihm gefiel da eine gewisse Frau Gutlaub, die zwei Straßen weiter wohnte und der er gelegentlich beim Gassi-Gehen begegnete. Sie führte eine weiße Pudeldame aus, während er Wuffi begleitete. Nur hatte es sich bisher nicht ergeben, dass er mit ihr ins Gespräch gekommen wäre.

Frau Meier hatte ihm einen Kartoffel-Brokkoli-Auflauf gemacht und wünschte ihm guten Appetit. Herbert antwortete:

„Vielen Dank, Else. Aber muss es wirklich immer vegetarisch sein?"

„Also, Herbert! Wir hatten doch darüber gesprochen. Fleisch wäre ungesund für dich. Du musst auf deine Cholesterinwerte achten!"

Herbert beneidete Wuffi, der von Else wie immer saftige Fleischbrocken vorgesetzt bekam. Hund müsste man sein, dachte er bei sich.

Sie aßen in aller Ruhe. Dann verabschiedete sich Else wieder.

Zu Wuffi sagte Herbert, als Else draußen war:

„So eine Ungerechtigkeit: Du kriegst was Gutes zu beißen und ich habe wieder nur den Gemüsekram bekommen."

„Tut mir echt leid für dich, Mann", antwortete Wuffi. „Ich kann nichts dafür. Andererseits bin ich von uns beiden der Wichtigere und verdiene daher das bessere Essen."

Dem musste Herbert energisch widersprechen:

„Ich habe schon gehört, dass Hunde sich manchmal für die Leittiere eines Haushalts halten. Das ist ein großer Irrtum, mein Lieber, der aus einer komplett falschen Einschätzung unserer Situation herrührt."

„Wieso fasch? Du hebst schließlich meine Häufchen auf, als wären es Kostbarkeiten. Schon ein bisschen pervers und nur dadurch erklärbar, dass du mich über alle Maßen verehrst."

„Quatsch! Das mache ich nur, weil es weggeräumt werden muss und du es selbst nicht kannst. Da siehst du es: Du brauchst mich, nicht ich dich."

„Ohne mich findest du doch nichts wieder. Ich bin dein Spürhund. Das musst du zugeben. Ohne mich wärst du aufgeschmissen."

„Du hattest nur ein paar Mal Glück. Meistens finde ich die Sachen selbst wieder."

„Und dann wirfst du sie wieder weg. Wie das Stöckchen. Wenn ich dir das nicht immer zurückbringen würde, hättest du keins mehr."

„Das ist ein Spiel. Tu nur nicht so, als ob du das nicht wüsstest. Du holst das Stöckchen, weil ich es dir befehle. Ich bin hier der Boss."

„Dass du dich da mal nicht täuschst. Du fütterst mich, du pflegst mich, du rennst zum Tierarzt, wenn es mir nicht gut geht. Man könnte sagen, du vergötterst mich. Ich bin dein Lebensinhalt. Du brauchst mich mehr als ich dich."

„Warte nur, bis du am Wochenende dein besonderes Fresschen haben willst! Dann werden wir ja sehen, wer wen mehr braucht."

„Du willst mich wohl erpressen? Na warte!"

So lange brauchten sie gar nicht zu warten.

Aber eins nach dem anderen.

Herbert hatte eine großartige Idee. Er dachte sich, er müsste doch irgendwie von Wuffis Sprechkünsten profitieren können. Aber wie nur? Zunächst brauchte er Geld. Er ging zur Bank und hob alles ab, was er hatte. Das war nicht wenig. Abends ging er mit Wuffi in seine Stammkneipe, stellte sich an den Tresen und erklärte mit lauter Stimme:

„Ich wette mit jedem, der will, um 100 Euro, dass mein Wuffi sprechen kann. Wer wettet dagegen."

Schon gab es ein großes Gedrängel, weil alle dagegen wetten wollten. Der Barkeeper sammelte das Geld ein. Als er fertig war, sagte Herbert zu Wuffi:

„Wuffi, nun zeig den Leuten, dass du sprechen kannst!"

Wuffi glotzte ihn groß an und machte:

„Wau!"

Ecki, einer der Stammgäste, die gegen Herbert gewettet hatten, meinte:

„Das dürfte wohl kaum als ‚Sprechen' zu bezeichnen sein."

Herbert erblasste und stammelte:

„Nein, nein, er kann es. Offenbar will er nur gerade nicht."

„Hahaha, so kommst du uns nicht davon. Entweder er spricht hier und heute oder du hast verloren."

Verzweifelt wandte sich Herbert an Wuffi:

„Das kannst du mit mir nicht machen! Du wirst mich doch jetzt nicht hängenlassen?!"

Wuffi verdrehte die Augen, legte den Kopf auf dies Seite und fiepste. Hatte er nicht sogar die Augenbrauen hochgezogen?

Herbert war sich nicht sicher. Aber er hatte endlich verstanden. Verbissen stieß er hervor:

„Okay, okay, du hast gewonnen: Ich brauche dich mehr als du mich. Hilfst du mir jetzt? Bitte!"

Wuffi feixte und meinte:

„Na gut, dann will ich mal nicht so sein. Aber was hättest du getan, wenn ich nicht mitgemacht hätte?"

Herbert hatte sich wieder gefangen. Mit einem Lächeln gab er zurück:

„Dann hätte ich Bosintang aus dir gemacht."

„Was ist das?", wollte Wuffi wissen.

„Eine koreanische Suppe auf der Basis von Hundefleisch", antwortete Herbert.

„Dass es so etwas überhaupt gibt und dass du davon weißt, zeigt doch, dass in unserer Welt etwas nicht stimmt. Und du hast offenbar immer noch nicht verstanden, was eine gleichberechtigte Partnerschaft von Mensch und Hund bedeutet", tadelte ihn Wuffi.

Herbert erwiderte nichts mehr. Es gab Wichtigeres. Er sammelte das Geld ein. Seine erhebliche Barschaft hatte er verdoppelt. Fröhlich ging er mit Wuffi nach Hause.

Zwei Tage später hatte er eine weitere Idee und sagte zu Wuffi:

„Du könntest eigentlich noch einmal etwas für mich tun. Du erinnerst dich doch an Frau Gutlaub, der wir manchmal begegnet sind. Sie hat einen weißen Pudel. Du erinnerst dich?"

„Klar. Niedliche Hündin."

„Okay, dann wird dir leichtfallen, worum ich dich bitte. Mach doch ein bisschen mit ihrer Hündin rum, wenn wir uns das nächste Mal treffen! Ich möchte mich so gerne mit ihrer Besitzerin unterhalten und ihr näherkommen."

„Kann ich schon machen. Wird sicher lustig."

Es sollte nicht lange dauern, bis sich die Gelegenheit bot. Wuffi tollte mit Hündin Bella herum und Herbert unterhielt sich mit Frau Gutlaub. Es lief ausgezeichnet. Sie sprachen unter anderem über die Zeiten, zu denen sie gewöhnlich Gassi gingen, und verabschiedeten sich am Ende mit „Bis bald".

Tatsächlich trafen sie sich von nun an fast täglich und waren sich sehr sympathisch. Bald waren sie beim „Du". Frau Gutlaub hieß mit Vornamen Marie. Gern hätte Herbert Marie zu sich nach Hause eingeladen, aber er traute sich nicht. Else hätte es mitbekommen. Obwohl Herbert nicht direkt mit Else liiert war, hatte er doch das Gefühl, dass Else eifersüchtig werden könnte. Das wollte er unbedingt vermeiden.

Vorläufig blieb es also bei den Treffen auf der Straße.

Wuffi durfte inzwischen so oft hinaus, wie er wollte. Er machte ausgiebig Gebrauch von seiner Freiheit und streunte in der Gegend herum. So informierte sich Wuffi, was in der Stadt so alles geschah. Eines Tages teilte er Herbert mit, dass ein Terroranschlag in der Stadt geplant war. Er hatte das von anderen Hunden über zig Ecken erfahren. Den Ort und Zeitpunkt des Anschlags konnte er nennen, nicht jedoch die Täter, nicht einmal deren politische Orientierung. Das schien den Hunden nicht wichtig gewesen zu sein.

Herbert rief sofort die Polizei an, um die Warnung durchzugeben. Die Polizisten gaben die Information an die entsprechenden Stellen weiter. Tatsächlich reichten die spärlichen Angaben, um den Anschlag zu verhindern. Bald darauf klingelten zwei unauffällige Herren bei Herbert an der Tür. Sie wiesen sich als Mitarbeiter des Verfassungsschutzes aus und wollten wissen, woher Herbert seine Informationen gehabt habe.

Herbert war irritiert und sagte es den beiden geradeheraus:

„Also eigentlich hätte ich erwartet, dass man sich bei mir dafür bedankt, dass ich meine staatsbürgerliche Pflicht getan habe. Auch wenn es eine Pflicht ist, hätte sich beileibe nicht jeder daran gehalten. Aber nichts von Anerkennung! Stattdessen werde ich hier verhört wie ein Verbrecher."

Die Beamten entschuldigten sich und dankten ihm für sein Engagement, spät zwar, aber immerhin.

Dann allerdings wollten sie doch wieder die Quelle wissen. Da sie hartnäckig blieben, rückte Herbert mit der Wahrheit heraus, die sie ihm natürlich nicht glaubten.

Herbert rief Wuffi ins Zimmer und forderte ihn auf:

„Wuffi, erzähl den Herren doch bitte, woher du deine Information hast."

Wuffi erzählte bereitwillig alles, konnte jedoch keine Personalien zu den Hunden nennen, die es ihm erzählt hatten. Er hatte sie nicht gekannt. Sie mussten aus einem anderen Viertel kommen und er glaubte nicht, dass er sie so leicht wiederfinden würde.

Die Herren mussten sich zunächst zufriedengeben, kündigten aber, bevor sie sich von Herbert verabschiedeten, an, dass sich demnächst ein Hundetrainer bei ihm melden würde.

So geschah es. Der Hundetrainer machte sich mit Wuffi auf die Suche nach den Hundeinformanten, fand diese und befragte sie mit Wuffis Hilfe nach der Herkunft der Information. Die Hunde hatten sie von anderen Hunden, die sie wiederum in ihrem Zuhause aufgeschnappt hatten. Das Hunderudel führte den Ermittler dorthin. Der rief Verstärkung und es kam zu einer Razzia. Tatsächlich konnten Spuren der Vorbereitung auf das Attentat gefunden werden und die Attentäter überführt werden.

Da war Wuffi schon nicht mehr dabei. Die Identität der Attentäter und ihr Motiv bekam er nicht mit und mehr erfuhr auch Herbert nicht.

Hundequälerei

Ein ernstes Thema stand noch im Raum zwischen Herbert und Wuffi. Herbert begann mit sorgenvoller Miene:

„Da du mir die Augen darüber geöffnet hast, wie schlimm die Hundehaltung für euch ist, denke ich, dass wir etwas gegen diese Hundequälerei tun sollten, gegen die Hundehaltung in Städten."

„Wie stellst du dir das vor?", fragte Wuffi. „Von meinen Hundekollegen weiß ich, dass sie manchmal den einzigen Lichtblick im Leben ihrer Herrchen und Frauchen darstellen. Wenn man diesen Hundebesitzern das Zusammensein mit ihren Lieblingen nimmt, wird ihr Leben sinnlos."

„Aber man kann doch nicht Lebewesen zur Psychotherapie einsetzen!"

„Doch. Das macht man schließlich auch mit Delfinen und Pferden."

„Ja, weil man davon ausgegangen ist, dass diese Tiere alle nicht denken können. Das hast du jetzt widerlegt."

„Wir Tiere können nicht nur denken, wir sind auch sehr gutmütig. Wir können es akzeptieren, unser Leben in den Dienst einer guten Sache zu stellen."

„Wie schön von euch. Trotzdem hätte ich kein ruhiges Gewissen mehr, wenn ich all die Hundequälerei weiter zuließe."

„Das ehrt dich, aber es ist nicht nötig. Hier hat sich eine Symbiose herausgebildet: Übernahme der Rolle als Kuscheltier gegen Lebensunterhalt. Es scheint ja zu funktionieren. Die Quälerei wird als notwendiges Übel hingenommen.

Im Übrigen wirst du nichts dagegen tun können."

„Warum nicht?"

„Fast die Hälfte der Menschen in Städten halten Hunde. Man wird es ihnen nicht verbieten können. Es wird sich nicht durchsetzen lassen wird. Aber versuch's nur!"

„Das mache ich!"

Am nächsten Tag ging Herbert mit Wuffi zu dem Abgeordneten, der in ihrem Wahlkreis ein Direktmandat errungen hatte und schilderte ihm das Problem. Der Abgeordnete hörte sich seine Darstellung geduldig an. Dann fragte er:

„Woher wollen Sie wissen, dass die Hunde ihre Haltung in der Stadt als Tierquälerei empfinden?"

„Mein Hund hat es mir gesagt und er hat mit vielen anderen Hunden kommuniziert."

„Wollen Sie damit sagen, dass Ihr Hund sprechen kann?"

„Ja."

„So ein Unsinn!"

„Wuffi, zeig's ihm!"

Und Wuffi bemerkte trocken:

„Er hat recht."

Dem Abgeordneten blieb vor Überraschung der Mund offenstehen. Er rieb sich die Augen. Als er sich gefasst hatte, räusperte er sich und erklärte:

„Nun gut, dagegen lässt sich natürlich nichts mehr sagen, es sei denn, Sie wären Bauchredner. Aber so gut, wie das war, können Sie als Bauchredner gar nicht sein.

Trotzdem gibt es da ein Problem. Ein Verbot der Hundehaltung in Städten würde ungefähr die Hälfte meiner Wähler betreffen. Wenn ich so etwas vorantreiben würde, würden sie mich nie mehr wählen. Ich kann es nicht tun."

„Und was ist mit meinen Interessen?", wagte Wuffi einzuwenden.

Der Abgeordnete wand sich:

„Sie müssen verstehen, Herr Hund: Da sie kein Wahlrecht haben, gehören Sie nicht zu meinen Wählern. Eigentlich vertrete ich Ihre Interessen nicht. – So leid es mir tut."

Herbert wollte Klarheit:

„Sie werden also nichts für uns tun?"

„Leider … Es geht nicht."

Das hörte sich endgültig an und dabei blieb es tatsächlich. Herbert würde anders vorgehen müssen.

Er wandte sich an die Medien, insbesondere ans Fernsehen. Die Story mit dem sprechenden Hund zündete sofort und damit ließ sich auch die Nachricht von der Hundequälerei verbreiten.

Herbert und Wuffi kamen in verschiedenen Talkshows zu Wort und erschienen sogar in kleinen Beiträgen zu den Nachrichten. Von einer Online-Redaktionen bekamen sie ein Angebot für eine Exclusiv-Bilderstory. Damit verdienten sie sogar noch Geld.

Einerseits lief es gut. Jeder kannte sie und hatte sich ihren Vorwurf angehört. Andererseits tat keiner etwas. Die, die keinen Hund hatten, fühlten sich nicht angesprochen und die, die einen Hund hatten, wollten ihr gewohntes Leben mit dem Hund nicht aufgeben.

Tatsächlich hätte man erst einmal Konzepte erarbeiten müssen, was mit all den

Hunden geschehen sollte, wenn ihre Besitzer tatsächlich auf sie verzichten würden.

Man müsste riesige Hundegehege in der Natur einrichten, in denen sie sich frei bewegen könnten. Außerdem müsste man ihnen Nahrung bereitstellen, da es so viel Wild nicht gab.

Das schien alles recht unrealistisch zu sein und so verlief die Sache im Sand.

Perspektiven

Herbert setzte sich mit Wuffi zur Beratung zusammen und begann:

„Die Hundequälerei im Allgemeinen konnten wir nicht abschaffen. Was sollen wir jetzt speziell in unserem eigenen Fall tun? Was wünschst du dir von mir?"

„Dass wir die Körper tauschen!"

„Wozu das?"

„Ist doch klar: Dir gefällt dieses Leben. In der Wohnung sitzen und fernsehen. Du hast keine Lust, mit mir Gassi zu gehen. Wenn ich nicht wäre, würdest du nicht einmal spazieren gehen. Wenn wir tauschen würden, wäre ich dauernd draußen und du drinnen. Außerdem würdest du regelmäßig Fleisch von Else bekommen anstatt vegetarischer Nahrung.

Noch etwas Unanständiges käme hinzu: Du könntest dir selbst die Eier lecken. Wäre das nichts? Überlege es dir! Das Arrangement würde uns beiden gefallen."

„Aber du könntest meine Gänge des täglichen Lebens nicht verrichten."

„Nun bild' dir mal bloß nichts ein! So schwer ist das auch nicht. Oft genug habe ich dich begleitet und das meiste mitbekommen. Als Mensch werde ich dich als meinen Hund mitnehmen: zum Einkaufen, zur Bank, zum Arzt und auf die Ämter. Wenn ich etwas nicht wissen sollte, erklärst du es mir. In Zukunft könnte ich dann sogar allein gehen. Dir würde es sowieso mehr Spaß machen, zu Hause zu sitzen. Ich muss schon sagen: Einen Hund, wie du es wärst, kann man tatsächlich gut in der Stadt halten."

„Na gut. Machen wir's!"

Gesagt, getan. Sie hofften wieder auf die Kräfte der Anubis-Figur. Herbert legte seine Hände auf die Figur, Wuffi seine Pfoten. Dann sprachen sie gemeinsam:

„Großer Anubis, mach bitte, dass wir unsere Körper tauschen!"

Schwupps! Schon geschehen. Sie sahen beide verblüfft an sich herunter.

„Jetzt sehe ich tatsächlich so blöd aus wie vorher du", staunte Wuffi in Herberts menschlichem Körper.

„Und ich werde die Blicke aller Frauchen auf mich ziehen", freute sich Herbert in Wuffis Körper.

„Nur wird es dir nichts nützen, weil du ein Hund bist", brachte Wuffi ihn auf den Boden der Tatsachen zurück.

„Immerhin kann ich mich von ihnen liebkosen lassen und, wenn ich will, sogar mit ihnen sprechen!", beharrte Herbert.

„Aber das nervt doch furchtbar: von allen möglichen Frauen geknuddelt zu werden!"

„Nur in deinem Fall, weil du offenbar nicht auf Menschen stehst. Ich für meinen Teil mag es, von netten Frauen gestreichelt zu werden."

„Schon gut. Wenn dir das gefällt, genieße es!"

In der Tat lief Herbert-Hund in Zukunft zu allen Frauen, die er attraktiv fand, und wedelte mit dem Schwanz. Dann konnte man einen zufrieden grinsenden Hund sehen, dem der Kopf von einer netten Frau getätschelt wurde. Manche Frauen freuten sich sogar, wenn er sich an ihren Beinen selbst befriedigte. Sie fanden es lustig und ihm machte es Spaß.

Hieß das, dass Herbert nun ein Lustmolch war? Nein: nur ein Hund. Als Hund hatte er zwar noch seine menschlichen Gedanken, war aber trotzdem der Biologie des Hundes unterworfen, die ihn mit Trieben überflutete. Hinzu kam die ungewohnte animalische Vitalität des Tierkörpers. Man konnte es ihm verzeihen.

Sie kamen gut in ihren neuen Rollen zurecht. Wuffi-Mensch informierte sich umfassend, las viel.

„Wie hast du so schnell lesen gelernt", wollte Herbert wissen.

„Das konnte ich vorher schon", lachte Wuffi. „Gelernt hatte ich es seinerzeit beim Fernsehen und, wenn du die Zeitung gelesen hast. Ist nicht so schwer, wenn man die menschliche Sprache versteht. Und verstanden hatte ich sie schon immer. Nur sprechen konnte ich sie nicht."

„Was liest du gerade?", fragte Herbert interessiert.

„Der kleine Prinz von Antoine de Saint-Exupéry", antwortete Wuffi. „Da geht es um jemanden, der auch erst die Welt verstehen lernen muss."

„Gute Lektüre", meinte Herbert.

Als Nächstes erklärte er Wuffi alles, was dieser über die Welt der Menschen wissen musste. So gab er ihm auch Ratschläge, als sie den Besitzer von Herberts gemieteter Wohnung aufsuchen wollten. Es ging um Modernisierungsarbeiten, die der Besitzer vornehmen lassen wollte, um dann die Miete zu erhöhen. Herbert ärgerte sich darüber. Er brauchte die Modernisierungen nicht und wollte vor allem auch nicht mehr Miete zahlen.

Sie gingen also dorthin, um zu protestieren. Herbert-Hund hatte Wuffi-Mensch eingeschärft, sich nichts gefallen zu lassen. Wuffi gab sein Bestes, aber gegen die juristischen Spitzfindigkeiten des Vermieters hätte auch Herbert keine Chance gehabt. Als Herbert-Hund merkte, wie der Hase lief, verzog er sich in einen unbeobachteten Winkel der Wohnung und pinkelte auf den Teppich. Das hielt er für angebracht. Das Gespräch mit dem Vermieter verlief erfolglos für Wuffi und Herbert. Nur eines blieb Herbert-Hund noch zu tun. Er stieß mutwillig die Kaffeetasse des Vermieters um, so dass die braune Flüssigkeit sich über dessen Hose ergoss. Volltreffer.

Wütend schrie der Vermieter:

„Können Sie nicht auf Ihren blöden Köter aufpassen, Sie Idiot? Am liebstem würde ich dem Vieh einen Tritt geben."

Dabei schüttelte er seine Faust gegen Herbert-Hund. Der ließ sich das nicht gefallen. Er knurrte seinen Feind an, legte die

Ohren an und bleckte die Zähne. Der Mensch erschrak und kreischte:

„Sofort raus mit Ihnen und ihrem Hund!"

Wuffi-Mensch schnappte sich Herbert-Hund und machte, dass er davonkam. Draußen freuten sich beide gemeinsam über die kleinen Vergeltungsaktionen. In der Sache selbst sah es allerdings nicht so rosig für sie aus. Sie würden sich einen Rechtsanwalt nehmen müssen. Ein teurer Spaß, der aber vom Mieterverein übernommen werden würde. Schließlich waren sie nicht die einzigen Betroffenen.

Wuffi, weiterhin ein Mensch, wollte ihre Initiative publik machen. Er klapperte alle anderen Hundehalter und Hundehalterinnen ab, die er kannte, und überredete sie zu demselben Schritt, den Herbert und er unternommen hatten. Der Anubis-Zauber wurde zentral vermittelt. Man musste nur sagen:

„Großer Anubis, mach bitte, dass alle, die sich dafür entschieden haben, ihre Körper tauschen können", und schon war es geschehen.

Die Problemlösung des Körpertausches verbreitete sich rasend schnell nach dem Schneeballsystem und bald gab es eine Mehrheit von zu Menschen gewordenen Hunden.

Auch Marie hatte mit Bella die Körper getauscht und die beiden Hunde Herbert und Marie sahen sich, so oft sie wollten. Keiner bekam es mit. Selbst wenn sie es miteinander trieben, erregte das keine besondere Aufmerksamkeit. So ein Hundeleben konnte ganz schön angenehm sein.

Trotzdem auch irgendwie merkwürdig. Wuffi machte Herbert darauf aufmerksam:

„Ist dir eigentlich klar, dass wir jetzt beide denselben Hundekörper geliebt haben?"

Herbert erwiderte:

„Der Körper ist nicht entscheidend. Ich habe Maries Persönlichkeit geliebt und tue es immer noch."

„Trotzdem habe ich ihren Körper vor dir gehabt!"

„Und unzählige Hunde vor dir …"

Sie beendeten diese sinnlose Diskussion.

Durchs Gassi-Gehen hatten die Hunde-menschen ein Netzwerk gebildet und for-mierten sich zu einer Bürgerinitiative. Sie erkämpften endlich das Wahlrecht für Hunde.

Nachdem diese Hürde genommen war, ging es um den nächsten Schritt. Wuffi meinte zu Herbert:

„Wir sollten uns noch besser organisie-ren, wenn wir etwas bewegen wollen. Gründen wir eine Hundepartei!"

Herbert stimmte zu. Es sollte eine Hun-departei geben. Sie wollten in den Bundes-tag einziehen. Durch ihre Bürgerinitiative hatten sie genügend Mitglieder beisam-men, die einen Gründungsvertrag schlos-sen. Zunächst fanden sie den Vorschlag PddH gut, was als Abkürzung dienen soll-te für „Partei der deutschen Hunde". Dann überlegten sie sich, dass Nationalitäten ei-gentlich eine Eigenart der Menschen wären, die sie als Hunde nicht brauchten. Also einigten sie sich auf „Partei der Hunde", kurz PdH.

Das Programm konnte einfacher nicht sein: Die deutsche Bevölkerung sollte sich an dem Vorbild eines Rudels ausrichten. Ein Zusammengehörigkeitsgefühl sollte entstehen. Alle sollten mitgenommen werden, keiner zurückgelassen werden. Jeder sollte sich um seinen Nächsten kümmern. Privatbesitz stellte nur eine Leihgabe dar, während de facto alles der Gemeinschaft gehörte. Da das Problem der Hundequälerei durch die weite Verbreitung des Körpertauschs praktisch gelöst war, ging es nun darum, den zu Hunden gewordenen Hundebesitzern ihre Rechte zu sichern.

Der Slogan lautete:

„Freiheit für die Hunde!"

Wuffi wurde zum Vorsitzenden der Partei gewählt.

Die Gründung der Partei wurde dem Bundeswahlleiter gemeldet, Landesverbände ins Leben gerufen, Öffentlichkeitsarbeit betrieben. Dann wurde beim Bundeswahlausschuss die Zulassung zur Bundestagswahl beantragt und bewilligt. Es konnte losgehen!

Die PdH erreichte in den Umfragen traumhafte Ergebnisse. Das weckte Begehrlichkeiten. Auf einmal machten immer mehr Menschen in der Partei Karriere, und zwar echte Menschen, Menschen, die nicht vorher Hunde gewesen waren. Das ging gegen die Prinzipien der Hunde: Menschen sollten ihnen nicht mehr sagen, wo es langging. Dies war ihre Partei, eine Hundepartei. Wo Hund draufstand, sollte auch Hund drin sein!

Noch war es nicht zu spät. Wuffi brachte als Vorschlag für einen Parteibeschluss ein, dass nur gebürtige Hunde Führungspositionen in der PdH besetzen durften. Dagegen gab es sofort Widerstände. Aber Wuffi setzte sich durch. Der Vorschlag wurde zum Beschluss.

Die Verlierer sannen auf Rache. Wenig später wurde ein Misstrauensantrag gegen

Wuffi gestellt, der jedoch scheiterte. Noch hatten die Hunde die Macht in der PdH!

Klare Kante gegen die Menschen zu zeigen, erwies sich als richtig. Bei den nächsten Bundestagswahlen errang die PdH einen Erdrutschsieg. Für eine absolute Mehrheit im Bundestag reichte es allerdings noch nicht. So koalierte die PdH mit der ebenfalls neugegründeten PfF, der Partei für Fußball, und bildete mit dieser eine Regierung. Ein neues Zeitalter war angebrochen.

Herbert fragte Wuffi, ob er nicht einen Ministerposten übernehmen wolle.

„Welchen denn?", wollte Wuffi wissen. „Ich kann doch nichts von dem, was Menschen so können."

„Das macht doch nichts", meinte Herbert. „Wenn es danach ginge, wären viele Minister fehl am Platz. Sie kennen sich auch nicht besonders in ihrem Ressort aus. Du würdest Berater haben. Sachfragen sind nicht das Problem. Es geht nur um Machterhalt."

„So etwas will ich nicht. Ich bin ein Hund und ordne mich ins Rudel ein. Das genügt mir."

So blieb Wuffi einfach nur Parteivorsitzender, bis er merkte, dass es auch dabei Neider gab. Irgendwann zog er sich ins Privatleben zurück.

Das Erste, was die neue Regierung auf den Weg brachte, war ein Gesetz, dass kein Mensch einen Hund als Eigentum besitzen dürfe. Hunde seien denkende Wesen und dürften nicht versklavt werden. Wenn ein Hund indes auf freiwilliger Basis bei einem Menschen bleiben wollte, so konnte er das selbstverständlich tun.

Für das tägliche Leben sollte es auf Wunsch der PfF ein weiteres Schmankerl geben:

Fortan sollte jeder Mensch und jeder Hund das Recht haben, sich am Wochenende zu Hause oder in der Kneipe vor den Fernseher zu setzen und Fußball zu sehen. Jeder durfte, keiner musste. Während die zu Hunden gewordenen Menschen es taten, gingen die zu Menschen gewordenen Hunde lieber hinaus, streiften um den Block und vergnügten sich auf ihre Weise.

Das Gesetz wurde mit großer Mehrheit verabschiedet. Alle waren glücklich.

Wirklich alle?

Nein, den Hundehassern gefiel es nicht, von einer Partei der Hunde regiert zu werden. Sie wollten eine „Partei der Menschen" dagegensetzen, Abkürzung PdM.

Tatsächlich erlangten sie eine gewisse Aufmerksamkeit, und zwar nicht, weil es so viele Hundehasser gab, sondern weil manche wohl dachten, die Partei stünde für Menschlichkeit. Menschlichkeit war immer noch positiv konnotiert, obwohl es mit der Zeit immer deutlicher wurde, dass eventuell Hunde die besseren Menschen waren.

Aber in dem Begriff Menschlichkeit versammelten sich eben all die Ideale, nach denen Menschen strebten. Hunde mochten diesen Idealen besser genügen als Menschen, aber etwas anderes war auch wichtig: Menschen mussten darum kämpfen, ihren Idealen zu genügen, Hunden fiel es von allein zu. Verdient es da nicht eine gewisse Anerkennung, wenn ein Mensch diesen Kampf gegen sich selbst aufnimmt und gewinnt? Das bedeutet doch etwas! Ganz so schlecht sind die Menschen nicht.

Das Ideal der Menschlichkeit lockte immer mehr Menschen zu dieser neuen Strömung, so dass die Partei sich von einer Partei der Hundehasser zu einer Partei der Menschlichkeit wandelte, ohne ihren Namen ändern zu müssen. Mehrheiten können so etwas bewirken.

Nach der nächsten Wahl koalierten PdH und PdM. Der Frieden war gerettet. Menschen und Hunde lebten harmonisch miteinander.

Gelernte Lektionen

Nach einer gewissen Zeit begannen einige Menschen, ihre frühere Rolle zu vermissen. Herbert und Marie gehörten dazu. Der Körpertausch hatte Spaß gemacht und stellte eine neue Erfahrung dar. Viel hatten Menschen und Hunde übereinander gelernt. Jetzt aber vermissten sie doch ihre alte Identität. Sie berieten sich mit ihren Hunden, ob sie nicht wieder zurücktauschen sollten. Wuffi war nicht abgeneigt. Die vegetatische Kost von Frau Meier ging ihm auf die Geschmacksnerven. Else Meier stellte überhaupt ein Problem dar, besonders, wenn Herbert und Marie zukünftig als Menschen zusammenleben wollten.

Wuffi-Mensch wusste Abhilfe. Er kannte einen alleinstehenden älteren Herrn, Erwin Schulze, der Vegetarier war. Mit diesem sprach er öfter und es gelang ihm, diesem Herrn Schulze Elses Kochkünste in den lebendigsten Farben zu schildern und seinen Appetit darauf zu wecken. Schließlich lud er ihn um die Mittagszeit ein, bat Else, als sie kam, Erwin als seine Vertretung zu akzeptieren und verließ das Haus. Er machte das ein paar Tage, bis er es wagen konnte, Else vorzuschlagen, doch in Zukunft nur noch für Erwin zu kochen. Die hatte Gefallen an Erwin gefunden und war einverstanden. Problem gelöst.

Nun konnten sie zurücktauschen: Herbert und Marie mit Wuffi und Bella.

Herbert und Marie konnten ihr Glück kaum fassen, nun auch als Menschen zusammenzukommen. Sie hatten zwar als Hunde schon die Freuden der Liebe voll auskosten können, aber dies als Menschen zu tun, stellte wieder etwas Neues dar. Damals hatten sie mit der Lebenslust der Tiere ihre Gefühle ausleben können. Jetzt, da sie wieder in ihr altes Dasein als Menschen fortgeschrittenen Alters zurückgekehrt waren, konnten sie von diesen Erinnerungen zehren. Ihnen war es im Herbst des Lebens vergönnt gewesen, noch einmal den Frühling zu kosten. Dafür mussten sie dankbar sein. Ein zweites Leben begann nun für, sie aufbauend auf jener Erfahrung.

Ihr Liebesleben konnte jetzt nicht mehr ganz so wild sein, blieb jedoch von jener früheren Episode geprägt. Als sie das erste Mal als Menschen im Bett landeten, sagte sie zu ihm:

„Besorg's mir, du wilder Rüde!"

Und er antwortete:

„Dann komm mal her, du läufige Hündin!"

Sie meinten es beide zärtlich und es brachte sie in Fahrt. Begeistert fielen sie übereinander her. Für ihr Alter lief es noch ganz gut.

Und sie blieben nicht die einzigen. Viele frühere Menschen kehrten zum ursprünglichen Menschsein zurück, wenn auch nicht alle. Hieß das, dass einfach alles rückgängig gemacht wurde?

Keineswegs: Die Menschen hatten ihre Lektionen gelernt und lebten fortan mit ihren Hunden in einer Partnerschaft auf Augenhöhe zusammen.

Das Zusammenleben funktionierte nun problemlos zu aller Gefallen. Riesige Hundeauslaufgebiete waren inzwischen überall entstanden. Die Hunde konnten bei ihren „Besitzern" – besser: Partnern – übernachten und fressen, blieben aber frei, draußen umherzulaufen, so oft und so lange sie wollten. Wuffi und Bella blieben bei Herbert und Marie.

Eines Tages fragte Herbert Wuffi:

„Ist es dir auch recht, bei uns zu bleiben, jetzt, da alle Hunde frei sind?"

Wuffi dachte einen Augenblick nach. Dann sagte er:

„Ja. Hunde sind nichts anderes als domestizierte Wölfe. Sie sind gezähmt. In gewisser Weise hast auch du mich gezähmt. Und dann gilt, was Antoine de Saint-Exupéry in ‚Der kleine Prinz' geschrieben hat:

‚Aber wenn du mich zähmst, werden wir einander brauchen. Du wirst für mich einzig sein in der Welt. Ich werde für dich einzig sein in der Welt …'

Verstehst du, was ich meine?"

„Ja, das verstehe ich und es gefällt mir", antwortete Herbert: Beide sahen sich glücklich an – ohne Umarmung natürlich.